아이다이로 화집

지박소년 하나코 군

AIDAIRO ART WORK

2

에사 : 먹이

封

封

封
封

封
交通

封

封

封

封

封

Juice
Juice
封

封

封

生徒会
生徒会

封

封
交通

GAMEPARK

封

※立入禁止：출입금지
※あそびと詩：놀이와 시

ORANGE

封
交通

13

封

JIBAK SONYEON HANAKO KUN

INTRODUCTION

── 있잖아, 그거 알아?
클로버, 다이아몬드, 하트, 스페이드.
우리와 이웃한 세계에 있는
불가사의한 4개의 나라.

네 나라는 모두
세계의 정점에 군림하는 걸 노리고 있어.
서로 경쟁하고, 손잡고, 배신하며.
언젠가 세계의 정점에 서는 그날까지.

오늘도 내일도 그 이후에도.
끊임없이 싸우고 있대.

누군가가 세계를 손에 넣는 그날이
과연 올까?

封

ACE
AKU SHONEN HANAKO KUN

JOKER
K
KING
Q
QUEEN
J
JACK
10
9
8
JOKER
K
KING
Q
QUEEN
J
JACK
10
9
8
JOKER
K
KING
Q
QUEEN
J
JACK
10
9
8
JOKER
K
KING
Q
QUEEN
J
JACK
10
9
8

CLUB

따사롭고 평온한 봄의 나라.
연중 온화한 기후라서 살기 좋고,
사람들은 서로 싸우기보다 학문 탐구에 힘쓰는 지혜의 왕국.
국토 중앙에 있는 대도서관이 왕성을 겸하고 있으며,
대도서관 어딘가에는 세상의 모든 것이
기록된 책이 숨겨져 있다고 한다.
스페이드 나라의 동맹국.

MITSUBA

울보 왕자님.
총명하고 사려 깊지만, 분쟁을 극도로 싫어한다.
검 연습보다 독서를 더 좋아한다.
사교성은 없지만 친구는 원한다.

쨍한 여름의 나라.
네 나라 중에 가장 활기차고,
다른 나라에서 상인들이 많이 찾아오는 부유한 왕국.
미로처럼 복잡한 시장이 있는데, 가장 안쪽의 가게에서는
대가만 지불하면 뭐든지 다 살 수 있지만,
그 가게까지 도달한 사람은 극소수라고 한다.
하트 나라의 동맹국.

KOU

정의감 넘치는 왕자님.
천성이 착하고 바르며 무모해서
면학이나 계략과는 맞지 않는다.
모두에게 사랑받는 성격이라서, 다른 나라에도 친구가 많다.
종종 신분을 숨기고 성 밖으로 나가
무법자를 붙잡으며 치안 유지에 공헌하고 있다.

DIAMOND

HEART

진하게 물드는 가을의 나라.
기도와 함께 신의 가르침을 따르는 경건한 사람들이 사는
평화롭고 사랑이 가득한 기도의 왕국.
여기저기에 아름다운 성당이 있어서, 아침저녁으로
청아한 종소리가 울려 퍼진다. 나라 어딘가에 진짜 신이
살고 있어서 사람들에게 특별한 가호를 내린다고 한다.
다이아몬드 나라의 동맹국.

NENE

꿈꾸는 왕녀님.
발목이 살짝 굵은 게 콤플렉스.
세상 물정을 모르는 로맨티스트로, 백마 탄 왕자님과의
결혼과 세계 평화를 소망하고 있다.
나라의 관습에 따라 어릴 때는 왕자로 키워졌다.

흰 눈이 소복소복 내려 쌓이는 겨울의 나라. 시야 가득 묘지가
펼쳐진 고요하고 차가운 죽음의 왕국. 죽은 자를 조종하는 주술에
능한 사람들이 살고 있으며, 국토에는 일 년 내내 잿빛 눈이 내린다.
시체들로 이루어진 불사의 군대를 거느리고 있어서 네 나라 중에
가장 강대한 군사력을 지녔다. 왕성 지하의 납골당은 사후세계로
이어져 있어서 신의 눈을 피해 죽은 자를 다시 데려올 수 있다고도 한다.
클로버 나라의 동맹국.

HANAKO

차가운 마음을 가진 왕자님.
초연하고 종잡을 수 없는 성격으로, 국토 확장을 꾀하고 있다.
쌍둥이 왕자로 태어났지만, 동생은 언제부터인가
모습을 보이지 않게 되었다. 왕자는 실은
살아 있는 사람이 아니라는 소문도 있지만,
진위는 알 수 없다.

SPADE

※絆創膏 : 반창고

GHOST MIDNIGHT LAND

GHOST MIDNIGHT LAND

KOU
•cherry spirit•

NENE
•cherry spirit•

HANAKO
spirit

封

JIBAKU SHONEN HANAKO KUN

封
封

HANAKO
NENE
MITSUBA
KOU

※出席簿 : 출석부

花
封

封

地縛少年花子くん 12
アニメイトさま
での
お買い上げ
ありがとうございます!
あいだいろ

地縛少年花子くん
13
アニメイトさまでの
お買い上げありがとうございます
あいだいろ

地縛少年
花子くん
14
アニメイト様での
お買い上げ
ありがとう
ございます!
あいだいろ

地縛少年
花子くん
15
TEEN SCHOOL DRAMA
HANAKO KUN
アニメイト様でのお買い上げ
ありがとうございます!
あいだいろ

※フカフカマット：폭신폭신 매트

무용극 교사
코러스 걸
지배인
테너 가수
부지배인
발레리나
롤 가수
ORCHESTRA
자작 + 배우
SCANDAL
HANAKO of the Opera
GF 27th Anniversary

※かもめモンスター保育園：카모메 몬스터 보육원

封

토옥
종종종

生徒会
휘이 휘이
生徒会
生徒会
生徒会
안 할 거야

生徒会
生徒会
生徒会
生徒会

하나코군
애니 1화
잠시 후에!

애니 2화
잠시 후에!

애니 3화
잠시 후에!

하나코군
애니 4화
잠시후에!

하나코군
애니
5화
잠시 후에!

애니
6화
잠시후에

하나코군
애니 7화
잠시 후에!
애니 8화
잠시 후에
하나코군
애니
9화
잠시후에

하나코군
애니
10화
잠시후에♪

하나코군 애니 11화
잠시후에!

하나코군
애니
최종회
잠시후에…

들썩
들썩
붕 붕 붕

지박소년 하나코 군 13
특전 만화
가르쳐줘, 아카네
- 책장 편 -
저희 집 책장이에요
여기요
↑사진
아오이는 평소에 무슨 책을 읽어?
네!?
그걸 왜 말해야 되는데요?
닥치는 대로 다 읽는 타입이야?
제법 다양하게 읽는구나.
흥흥
그림책부터 순수문학까지
아뇨 ….
그 책들, 전부 아오이라는 이름을 가진 인물이 나오거든요….
우와
기분 나빠.
세이분칸 서점에서 구입해주셔서 감사합니다!
あいだいろ

지박소년 하나코 군 13
특전 만화
가르쳐줘, 아오이
- 미나모토 선배와 함께 -
아
우리는 상상도 못 할 고상한 대화겠지….
아마도
우리 학교 최고의 미남미녀 둘이 대화하고 있어….
차원이 다르네^.
무슨 얘기를 하는 걸까^?
아카네, 오른쪽이랑 왼쪽 중에 어느 쪽이 더 좋아?
왼쪽이요♥
엄청나게 영양가 없는 대화.
저희는 진짜 안 맞는 것 같아요♡
그렇구나^. 나는 오른쪽.
산세이도 서점에서 구입해주셔서 감사합니다!
あいだいろ

미나모토 집의 간식
밤 페이스트
in 마당
아
밤을 준비한다 500g
껍질을 깐다
도와줄까?
안 돼
우유를 냄비에 붓고
밤이 익을 때까지 삶는다
삶은 밤을 건져서
볼에 담는다
버터 50g
설탕 120g
질기 조절을 위해 밤을 삶았던 물을 넣어가며 으깬다
완 성
요리조리 쓸모 많은 밤 페이스트
타르트에 페이스트와 크림을 얹으면 몽블랑
지박소년 하나코 군
14
세이분칸 서점에서 구입해주셔서 감사합니다!

네네와 아오이 특제
유자청
유자 500g
물에 잘 씻는다
꼭지를 딴다
도와줄까?
아니
5mm 두께로 동그랗게 썬다
씨를 뺀다
너무써
유자와 같은 양의 얼음설탕을 준비한다
유자와 얼음설탕을 번갈아가며 차곡차곡 채운다
식초를 2큰술 넣는다
직사광선이 닿지 않는 시원한 곳에 둔다
(가끔 한 번씩 저어준다)
완 성
3~5일 정도 지나면 끝♪
탄산수나 따뜻한 물에 타서 주스로 마신다
지박소년 하나코 군
14
산세이도 서점에서 구입해주셔서 감사합니다!

지박소년 하나코 군 15
특전 만화

가르쳐줘, 네네 -노래방 편-

산세이도 서점에서 구입해주셔서
감사합니다!
あいだいろ

지박소년 하나코 군 15
특전 만화

노래해줘, 나츠히코 -작곡 편-

세이분칸 서점에서 구입해주셔서
감사합니다!
あいだいろ

지박소년 하나코 군 16
특전 만화
고양이와 함께 -맛 편-
오?!
응….
역시 동물들은 "알고 있나" 봐요.
이런… 상냥함이나 인품 같은
아가씨, 저는… 고양이한테 인기가 너무 좋은 것 같아요.
분위기?
맛있는 냄새가 나거든.
뭐?!
쿵 쿵
세이분칸 서점에서 구입해주셔서 감사합니다!
あいだいろ

지박소년 하나코 군 16
특전 만화
고양이와 함께 -영리함 편-
으아-
크샤ー
아~ 하하하하
그 썩은 인성을 한눈에 알아본 거 아닐까요^??
고양이는 영리하니까요.
아파라…
내가 싫은가 봐….
휘익
아얏.
소독하자.
아오이이이이
괜찮니?
베-
아카네.
산세이도 서점에서 구입해주셔서 감사합니다!
あいだいろ

아이다이로 화집 AIDAIRO ART WORK 2
지박소년 하나코 군
INDEX

003 002

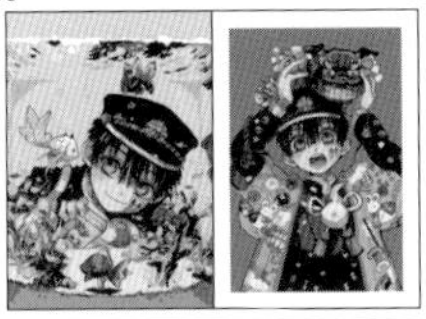

002 월간「G판타지」 2020년 1월호 표지
003 월간「G판타지」 2020년 2월호 표지

011 010

010–011
월간「G판타지」 2020년 7월호 권두 컬러

009 008

008–009
월간「G판타지」 2020년 6월호 권두 컬러

007 006

006 월간「G판타지」 2020년 3월호 표지
007 월간「G판타지」 2020년 7월호 표지

005 004

004–005
월간「G판타지」 2020년 3월호 권두 컬러

019 018

018–019
월간「G판타지」 2020년 12월호 표지

017 016

016–017
월간「G판타지」 2020년 12월호 권두 컬러

015 014

014–015
월간「G판타지」 2020년 9월호 권두 컬러

013 012

012 월간「G판타지」 2020년 4월호 표지
013 월간「G판타지」 2020년 6월호 표지

027 026

026 월간「G판타지」 2021년 7월호 표지
027 월간「G판타지」 2021년 8월호 표지

025 024

024 월간「G판타지」 2021년 3월호 센터 컬러
025 월간「G판타지」 2021년 5월호 표지

023 022

022–023
월간「G판타지」 2021년 2월호 권두 컬러

021 020

020–021
월간「G판타지」 2021년 1월호 권두 컬러

035 034

034–035
G판타지 코믹스 제12권 표지 커버

032

032
월간「G판타지」 2021년 5월호 센터 컬러

031 030

030–031
월간「G판타지」 2022년 1월호 권두 컬러

029 028

028 월간「G판타지」 2021년 11월호 센터 컬러
029 월간「G판타지」 2022년 1월호 표지

043 042

042 월간「G판타지」 2020년 5월호 센터 컬러
043 월간「G판타지」 2020년 11월호 센터 컬러

041 040

040–041
월간「G판타지」 2020년 4월호 권두 컬러

039 038

038–039
월간「G판타지」 2020년 1월호 권두 컬러

037 036

036–037
G판타지 코믹스 제13권 표지 커버

051 050

050–051
G판타지 코믹스 제15권 표지 커버

049 048

048–049
월간「G판타지」 2020년 10월호 권두 컬러

047 046

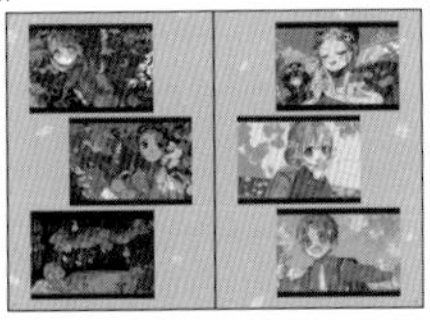

046–047
G판타지 코믹스 제14권 고지 일러스트

045 044

044–045
G판타지 코믹스 제14권 표지 커버

059 058

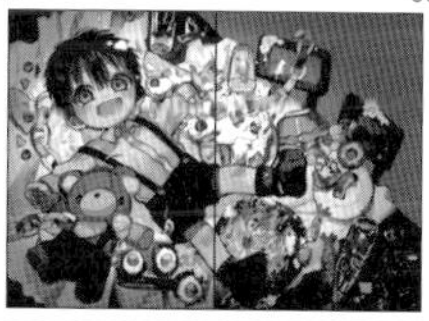

058–059
월간「G판타지」 2021년 7월호 권두 컬러

057 056

056–057
G판타지 코믹스 제16권 표지 커버

055 054

053 052

052–055
G판타지 코믹스 제15권 · G판타지 연재 고지 일러스트

069 068

068–069
G판타지 코믹스 제12권 표지 커버(특장판)

065 064

064–065
G판타지 코믹스 발매 고지 일러스트

063 062

062 G판타지 코믹스 제16권 고지 일러스트
063 G판타지 코믹스 제15권 표지 커버(특장판)

061 060

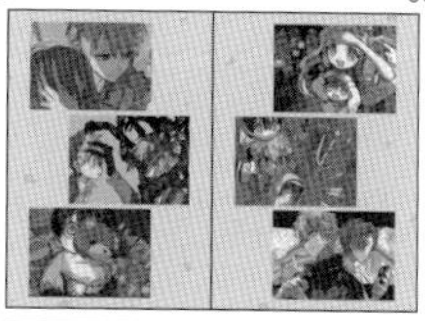

060–061
G판타지 코믹스 제16권 고지 일러스트

077 076

076 월간「G판타지」 2020년 8월호 부록
두근두근 유원지 종이 크라프트
077 월간「G판타지」 2020년 4월호 부록, 스티커

075 074

074 월간「G판타지」 응모자 전원 서비스 문구 세트
075 월간「G판타지」 2019년 10월호 부록, 달 탐사☆목욕탕 포스터

073 072

072–073 G판타지 코믹스 제12권 특장판
오리지널 트럼프 세계관 소개 페이퍼

071 070

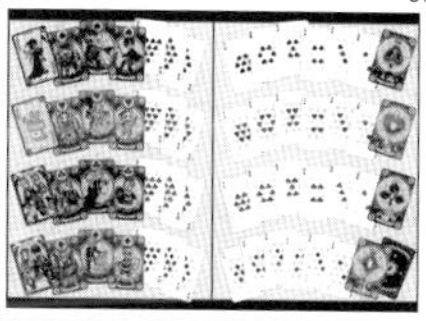

070–071 G판타지 코믹스 제12권
특장판 오리지널 트럼프

085 084

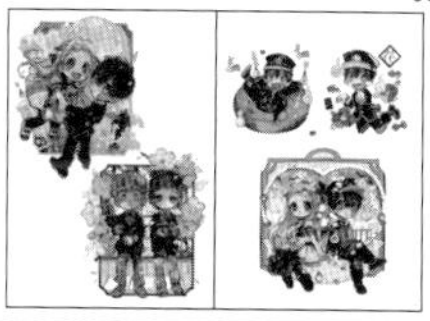

084 GFC 제4권, 제5권 당선자 선물 아크릴 키홀더/
GFC 제11권, 애니메이트 한정 아크릴 키홀더
085 GFC 제15권 특장판 아크릴 키홀더

083 082

082 월간「G판타지」 2020년 7월호 부록, 클리어 북마커
083 월간「G판타지」 2016년 11월호 부록, 북커버/
2018년 11월호 부록, 신바람 스티커

081 080

080 G판타지 코믹스 제12권 애니메이트 한정 캔디박스
081 월간「G판타지」 2020년 3월호 부록, 도어 플레이트/
2018년 5월호 부록, 마스킹테이프

079 078

078 월간「G판타지」 응모자 전원 서비스 정기권 케이스
079 월간「G판타지」 2020년 6월호 부록
옷 갈아입히기 미니 클리어파일

092

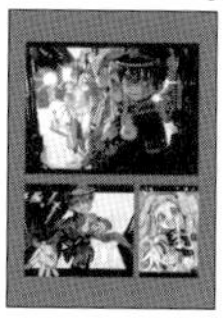

092 뮤지컬 고지 일러스트

091 090

090–091
월간「G판타지」 응모자 전원 서비스 복제 사인지

089 088

088 서점 구입 특전
089 단행본 발매 고지 일러스트

087 086

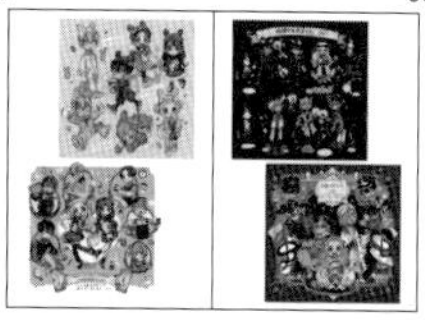

086–087 서점 구입 특전

101 100

100–101
TV 애니메이션 고지 일러스트

099 098 097

097–099
키스 시리즈

096

096 신작 일러스트

095 094

094 신작 일러스트
095 신작 일러스트

109 108

107 106

106–109
서점 구입 특전

105 104

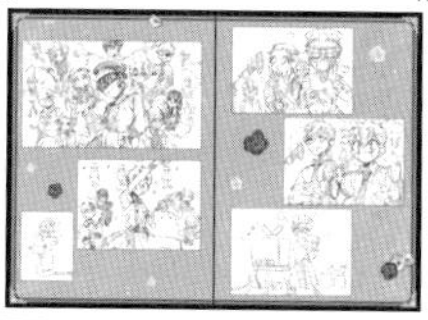

104 TV 애니메이션 관련 일러스트
105 뮤지컬 고지 일러스트

103 102

102–103
TV 애니메이션 고지 일러스트

아 이 다 이 로 화 집

지박소년 하나코 군

AIDAIRO ART WORK

2

2022년 8월 30일 제1판 제1쇄 발행
2024년 6월 30일 제1판 제2쇄 발행

작가 Aidairo
번역 장혜영

발행인 오태엽
편집팀장 이수춘
편집담당 김소연
미술담당 최진주
표지 디자인 Design Plus
라이츠사업팀 이은선, 조은지, 정선주, 신주은
전략마케팅팀 김정훈, 이강희, 정누리
제작담당 박석주

발행처 (주)서울미디어코믹스
등록일 2018년 3월 12일
등록번호 제 2018-000021
주소 서울 용산구 만리재로 192

인쇄처 (주)한산프린팅